*Para Peter
y Lisa*
**M.W.**

*Para Lewis
y Thomas*
**B.F.**

Título original: *Sleep Tight, Little Bear!*
© Del texto: Martin Waddel, 2005
© De las ilustraciones: Barbara Firth, 2005
© De esta edición: Editorial kókinos, 2004
Web: www.editorialkokinos.com
Publicado con el acuerdo de Walker Books Ltd. London
Traducido por Esther Rubio
ISBN: 8488342-76-4

# Duerme bien, Osito

KóKINOS

Había una vez dos osos,

Oso Grande y Oso Pequeño.

Oso Grande era el más grande,

y Oso Pequeño era el más pequeño.

Un día, mientras Oso Grande hacía sus tareas,

Oso Pequeño salió a jugar solo.

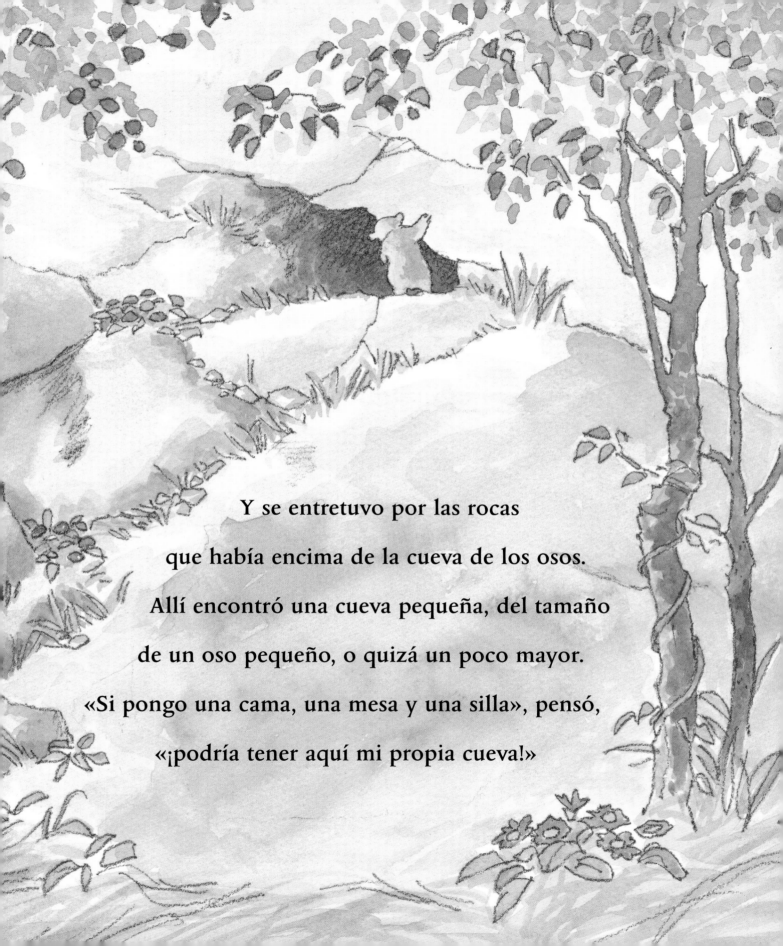

Y se entretuvo por las rocas

que había encima de la cueva de los osos.

Allí encontró una cueva pequeña, del tamaño

de un oso pequeño, o quizá un poco mayor.

«Si pongo una cama, una mesa y una silla», pensó,

«¡podría tener aquí mi propia cueva!»

«¡Osito! ¡Osito!», le llamó Oso Grande desde la entrada de la cueva de los osos.

Pero Oso Pequeño no respondía.

Oso Grande gritó más fuerte:

# «¡OSITO!»

«¡Estoy aquí arriba, Oso Grande!»,

contestó Oso Pequeño.

«¡He encontrado mi propia cueva!»

Oso Grande trepó hasta las rocas

que había encima de la cueva de los osos.

Allí, Oso Pequeño le mostró

a Oso Grande su nueva cueva.

«Ésta es mi silla, ésta es mi mesa

y ésta es mi cama», dijo Oso Pequeño.

«Es una buena cueva», dijo Oso Grande.

«Pero necesito muchas más cosas»,

dijo Oso Pequeño.

Oso Grande ayudó a Oso Pequeño

a llevar más cosas a su nueva cueva.

Oso Pequeño estuvo jugando

en ella durante todo el día.

La barrió,

leyó un cuento,

se hizo la cama

y dio saltos

encima de la cama.

«¡Es la hora de cenar, Osito!»,

gritó Oso Grande.

«¿ Puedo cenar aquí?», preguntó Oso Pequeño.

«Ummm…», dijo Oso Grande.

«¡Por favor, Oso Grande...!», dijo Oso Pequeño.

«Bueno…, está bien»,

dijo Oso Grande.

Y Oso Pequeño cenó

en su cueva.

A la hora de dormir, Oso Pequeño preguntó:

«¿Puedo dormir aquí?»

«De acuerdo, Osito», contestó Oso Grande.

Le arropó y le dijo:

«Duerme bien, Osito. Y si me necesitas,

ya sabes: estaré en la cueva de los osos».

Oso Grande regresó a paso lento,

sin Oso Pequeño,

a la cueva de los osos.

Oso Pequeño se puso de pie encima de su nueva cama

y miró a su alrededor.

«Ahora soy un oso grande con mi propia cueva», se dijo.

Miró hacia el exterior de su cueva y vio la luna que brillaba

a través de las sombras de los árboles.

«Aunque Oso Grande se debe de sentir muy solo

sin mí», pensó.

Y saltó de la cama.

«Seguro que me está echando de menos».

Y se fue a ver a Oso Grande.

«Te habías olvidado de leerme

un cuento, Oso Grande», dijo Oso Pequeño

trepando por el gran sillón de oso.

«Ahora mismo te lo leo»,

dijo Oso Grande.

«¿Me echabas de menos, Oso Grande?

Si quieres, me quedo contigo esta

noche para que no te sientas solo»,

dijo Oso pequeño.

«Eso sería estupendo»,

dijo Oso Grande.

Y leyó a Oso Pequeño su libro

de osos a la luz del fuego.

Y así permaneció Oso Grande, sentado
en su sillón de oso y abrazado a Oso Pequeño,
hasta que se apagaron las últimas
llamas de la chimenea.

«Duerme bien, Osito»,
susurro Oso Grande.

Pero Oso Pequeño
ya estaba…

...dormido.